MACHADO DE ASSIS
O CAMINHO DA PORTA
Comédia em um ato

Primeira edição - Rio de Janeiro - 1863

Copyright © desta edição, 2020 Faria e Silva Editora

EDITOR
Rodrigo de Faria e Silva

REVISÃO
Faria e Silva Editora

PROJETO GRÁFICO E CAPA
Globaltec

DIAGRAMAÇÃO
Globaltec

IMAGEM DA CAPA
Trésors de bibliothèque - Paris Musées
Título: Ri melhor quem ri por último
Autor: anônimo

Dados Internacionais de Catalogação na Publicação (CIP)

A848c Assis, Machado de
O caminho da porta / Machado de Assis, - São Paulo:
Faria e Silva Editora, 2020
64p. - Tarumã

ISBN 978-65-990504-6-6

1. Literatura brasileira

CDD B869

Edição do Acervo da Biblioteca Brasiliana Guita e José Mindlin utilizada para cotejo.

Este livro segue as regras do novo acordo ortográfico.

www.fariaesilva.com.br
Rua Oliveira Dias, 330
Jardim Paulista - São Paulo – SP

MACHADO DE ASSIS

O CAMINHO DA PORTA
Comédia em um ato

Representada pela primeira vez
no ateneu dramático do rio de janeiro
em setembro de 1862.

Edição 2020
FARIA E SILVA

PERSONAGENS	ATORES
DR. CORNELIO	SR. CARDOZO
VALENTIM	PIMENTEL
INNOCENCIO	MARTINS
D. CARLOTA	SRA. MARIA FERNANDA

Atualidade

O CAMINHO DA PORTA

Em casa de Carlota

Sala elegante. - *Duas portas no fundo, portas laterais, consolos, piano, divã, poltronas, cadeiras, mesa, tapete, espelhos, quadros, figuras sobre os consolos; álbum, alguns livros, lápis, etc. sobre a mesa.*

Cena I

VALENTIM

(*assentado à Esquerda*); *o Doutor* (*entrando*)

VALENTIM

Ah! És tu?

DOUTOR

Oh! Hoje é o dia das surpresas. Acordo, leio os jornais e vejo anunciado para hoje o Trovador. Primeira surpresa. Lembro-me de passar por aqui para saber se D. Carlota queria ir ouvir a ópera de Verdi, e vinha pensando na triste figura que devia fazer em casa de uma moça do tom às 10 horas da manhã, quando te encontro firme como uma sentinela no posto. Duas surpresas.

VALENTIM

A triste figura sou eu?

DOUTOR

Acertaste. Lúcido como uma sibila. Fazes uma triste figura, não te devo ocultar.

VALENTIM

(irônico) Ah!

DOUTOR

Tens ar de não dar crédito ao que digo! Pois olha, tens diante de ti a verdade em pessoa, com a diferença de não sair de um poço, mas da cama, e de vir em traje menos primitivo. Quanto ao espelho, se o não trago comigo, há nesta sala um que nos serve com a mesma sinceridade. Mira-te ali. Estás ou não uma triste figura?

VALENTIM

Não me aborreças.

DOUTOR

Confessas então?

VALENTIM

És divertido como os teus protestos de virtuoso! Aposto que me queres fazer crer no desinteresse das tuas visitas a D. Carlota?

DOUTOR

Não.

VALENTIM

Ah!

DOUTOR

Sou hoje mais assíduo do que era há um mês, e a razão é que há um mês que começaste a fazer-lhe corte.

VALENTIM

Já sei: não me queres perder de vista.

DOUTOR

Presumido! Eu sou lá inspetor dessas coisas? Ou antes, sou; mas o sentimento que me leva a estar presente a essa batalha pausada e paciente está muito longe do que pensas; estudo o amor.

VALENTIM

Somos então os teus compêndios?

DOUTOR

É verdade.

VALENTIM

E o que tens aprendido?

DOUTOR

Descobri que o amor é uma pescaria...

VALENTIM

Queres saber de uma coisa? Estás prosaico como os teus libelos.

DOUTOR

Descobri que o amor é uma pescaria...

VALENTIM

Vai-te com os diabos!

DOUTOR

Descobri que o amor é uma pescaria. O pescador senta-se sobre um penedo, à beira do mar. Tem ao lado uma cesta com iscas; vai pondo uma por uma no anzol, e atira às águas a pérfida linha. Assim gasta horas e dias até que o descuidado filho das águas agarra no anzol, ou não agarra e...

VALENTIM

És um tolo.

DOUTOR

Não contesto; pelo interesse que tomo por ti. Realmente dói-me ver-te há tantos dias exposto ao sol, sobre o penedo, com o caniço na mão, a gastar as tuas iscas e a tua saúde, quero dizer, a tua honra.

VALENTIM

A minha honra?

DOUTOR

A tua honra, sim. Pois para um homem de senso e um tanto sério o ridículo não é uma desonra? Tu estás ridículo. Não há um dia em que não venhas gastar três, quatro, cinco horas a cercar esta viúva de galanteios e atenções, acreditando talvez ter adiantado muito, mas estando ainda hoje como quando começaste. Olha, há Penélopes da virtude e Penélopes do galanteio. Umas fazem e desmancham teias por terem muito juízo: outras as fazem e desmancham por não terem nenhum.

VALENTIM

Não deixas de ter uma tal ao qual razão.

DOUTOR

Ora, graças a Deus!

VALENTIM

Devo porém prevenir-te de uma coisa: é que ponho nesta conquista a minha honra. Jurei aos meus deuses casar-me com ela e ei de manter o meu juramento.

DOUTOR

Virtuoso romano!

Valentim

Faço o papel de Sísifo. Rolo a minha pedra pela montanha; quase a chegar com ela ao cimo, uma mão invisível fará despenhar de novo, e aí volto a repetir o mesmo trabalho. Se isto é um infortúnio, não deixa de ser uma virtude.

Doutor

A virtude da paciência. Empregavas melhor essa virtude em fazer palitos do que em fazer a roda a esta namoradeira. Sabes o que aconteceu aos companheiros de Ulisses passando pela ilha de Circe? Ficaram transformados em porcos. Melhor sorte teve Actéon que por espreitar Diana no banho passou de homem a veado. Prova evidente de que é melhor pilhá-las no banho do que andar-lhes à roda nos tapetes da sala.

Valentim

Passas de prosaico a cínico.

Doutor

É uma modificação. Tu estás sempre o mesmo ridículo.

Cena II

Os mesmos, Inocêncio (trazido por um criado)

Inocêncio

Oh!

– 12 –

DOUTOR

(*baixo a Valentim*) Chega o teu competidor.

VALENTIM

(*baixo*) Não me vexes.

INOCÊNCIO

Meus senhores! Já por cá? Madrugaram hoje!

DOUTOR

É verdade. E V. S.?

INOCÊNCIO

Como está vendo. Levanto-me sempre com o sol.

DOUTOR

Se V. S. é outro.

INOCÊNCIO

(*não compreendendo*) Outro quê? Ah! Outro sol! Este Doutor tem umas expressões tão... fora do vulgar! Ora veja; a mim ainda ninguém se lembrou de dizer isto. Sr. Doutor, V. S. há de tratar de um negócio que trago pendente no foro. Quem fala assim é capaz de seduzir a própria lei!

DOUTOR

Obrigado!

INOCÊNCIO

Onde está a encantadora D. Carlota? Trago-lhe este ramalhete que eu próprio colhi e arranjei. Olhem como estas flores estão bem combinadas: rosas, paixão; açucenas, candura. Que tal?

DOUTOR

Engenhoso!

INOCÊNCIO

(*dando-lhe o braço*) Agora ouça, Sr. Doutor. Decorei umas quatro palavras para dizer ao entregar-lhe estas flores. Veja se condizem com o assunto.

DOUTOR

Sou todo ouvidos.

INOCÊNCIO

"Estas flores são um presente que a primavera faz à sua irmã por intermédio do mais ardente admirador de ambas." Que tal?

DOUTOR

Sublime! (*Inocêncio ri-se à socapa*) Não é da mesma opinião?

INOCÊNCIO

Pudera não ser sublime: se eu próprio copiei isto de um Secretário dos Amantes!

DOUTOR

Ali!

VALENTIM

(*baixo ao Doutor*) Gabo-te a paciência!

DOUTOR

(*dando-lhe o braço*) Pois que tem! É miraculosamente tolo. Não é da mesma espécie que tu...

VALENTIM

Cornélio!

DOUTOR

Descansa; é de outra muito pior.

CENA III

Os mesmos, Carlota

CARLOTA

Perdão, meus senhores, de os haver feito esperar... (*distribui apertos de mão*)

VALENTIM

Nós é que lhe pedimos desculpa de havermos madrugado deste modo...

DOUTOR

A mim, traz-me um motivo justificável.

CARLOTA

(*rindo*) Ver-me? (*vai sentar-se*)

DOUTOR

Não.

CARLOTA

Não é um motivo justificável, esse?

DOUTOR

Sem dúvida; incomodá-la é que o não é. Ah! minha senhora, eu aprecio mais do que nenhum outro o despeito que deve causar a uma moça uma interrupção no serviço da toalete. Creio que é coisa tão séria como uma quebra de relações diplomáticas.

CARLOTA

Sr. Doutor graceja e exagera. Mas qual é esse motivo que justifica a sua entrada em minha casa, a esta hora?

DOUTOR

Venho receber as suas ordens acerca da representação desta noite.

CARLOTA

Que representação?

DOUTOR

Canta-se o Trovador.

INOCÊNCIO

Bonita peça!

DOUTOR

Não pensa que deve ir?

CARLOTA

Sim, e agradeço-lhe a sua amável lembrança. Já sei que vem oferecer-me o seu camarote. Olhe, há de desculpar-me este descuido, mas prometo que vou quanto antes tomar uma assinatura.

INOCÊNCIO

(*a Valentim*) Ando desconfiado do Doutor!

VALENTIM

Por quê?

INOCÊNCIO

Veja como ela o trata! Mas eu vou desbancá-lo, com minha frase do Secretário dos Amantes... (*indo a Carlota*) Minha senhora, estas flores são um presente que a primavera faz à sua irmã...

DOUTOR

(*completando a frase*) Por intermédio do mais ardente admirador de ambas.

INOCÊNCIO

Sr. Doutor!

CARLOTA

O que é?

INOCÊNCIO

(*baixo*) Isto não se faz! (*a Carlota*) Aqui tem, minha senhora...

CARLOTA

Agradecida. Por que se retirou ontem tão cedo? Não lhe quis perguntar... de boca; mas creio que o interroguei com o olhar.

INOCÊNCIO

(*no cúmulo da satisfação*) De boca?... Com o olhar?... Ah! queira perdoar, minha senhora... mas um motivo imperioso...

DOUTOR

Imperioso... não é delicado.

CARLOTA

Não exijo saber o motivo; supus que se houvesse passado alguma coisa que o desgostasse...

INOCÊNCIO

Qual, minha senhora; o que se poderia passar? Não estava eu diante de V. Exa. para consolar-me com seus olhares de algum desgosto que houvesse? E não houve nenhum.

CARLOTA

(*ergue-se e bate-lhe com o leque no ombro*) Lisonjeiro!

DOUTOR

(*descendo entre ambos*) V. Exa. há de desculpar-me se interrompo uma espécie de idílio com uma coisa prosaica, ou antes com outro idílio, de outro gênero, um idílio do estômago; o almoço...

CARLOTA

Almoça conosco?

DOUTOR

Oh! minha senhora, não seria capaz de interrompê-la; peço simplesmente licença para ir almoçar com um desembargador da relação a quem tenho de prestar umas informações.

CARLOTA

Sinto que na minha perda, ganhe um desembargador; não sabe como odeio a toda essa gente do foro; faço apenas uma exceção.

DOUTOR

Sou eu.

CARLOTA

(*sorrindo*) É verdade. Donde concluiu?

DOUTOR

Estou presente!

CARLOTA

Maldoso!

DOUTOR

Fica, não, Sr. Inocêncio?

INOCÊNCIO

Vou. (*baixo ao Doutor*) Estalo de felicidade!

DOUTOR

Até logo!

INOCÊNCIO

Minha senhora!

Cena IV

Carlota, Valentim

Carlota

Ficou?

Valentim

(*indo buscar o chapéu*) Se a incomodo...

Carlota

Não. Dá-me prazer até. Ora, por que há de ser tão suscetível a respeito de tudo o que lhe digo?

Valentim

É muita bondade. Como não quer que seja suscetível? Só depois de estarmos a sós é que V. Exa. se lembra de mim. Para um velho gaiteiro acha V. Exa. palavras cheias de bondade e sorrisos cheios de doçura.

Carlota

Deu-lhe agora essa doença? (*vai sentar-se junto à mesa*)

Valentim

(*senta-se junto à mesa defronte de Carlota*) Oh! não zombe, minha senhora! Estou certo de que os mártires romanos prefeririam a morte rápida à luta com as feras do circo. O seu sarcasmo é uma fera indomável; V. Exa. tem certeza disso e não deixa de lançá-lo em cima de mim.

CARLOTA

Então sou temível? Confesso que ainda agora o sei. (*uma pausa*) Em que cisma?

VALENTIM

Eu?... em nada!

CARLOTA

Interessante colóquio!

VALENTIM

Devo crer que não faço uma figura nobre e séria. Mas não me importa isso! A seu lado eu afronto todos os sarcasmos do mundo. Olhe, eu nem sei o que penso, nem sei o que digo. Ridículo que pareça, sinto-me tão elevado o espírito que chego a supor em mim algum daqueles toques divinos com que a mão dos deuses elevava os mortais e lhes inspirava forças e virtudes fora do comum.

CARLOTA

Sou eu a deusa...

VALENTIM

Deusa, como ninguém sonhara nunca; com a graça de Vênus e a majestade de Juno. Sei eu mesmo defini-la? Posso eu dizer em língua humana o que é esta reunião de atrativos únicos feitos pela mão da natureza como uma prova suprema do seu poder? Dou-me por fraco, certo de que nem pincel nem lira poderão fazer mais do que eu.

CARLOTA

Oh! é demais! Deus me livre de o tomar por espelho. Os meus são melhores. Dizem coisas menos agradáveis, porém mais verdadeiras.

VALENTIM

Os espelhos são obras humanas; imperfeitos, como todas as obras humanas. Que melhor espelho, quer V. Exa, que uma alma ingênua e cândida?

CARLOTA

Em que corpo encontrarei... esse espelho?

VALENTIM

No meu.

CARLOTA

Supõe-se cândido e ingênuo?

VALENTIM

Não me suponho, sou.

Carlota

É por isso que traz perfumes e palavras que embriagam? Se há candura é em querer fazer-me crer...

Valentim

Oh! não queira V. Exa. trocar os papéis. Bem sabe que os seus perfumes e as suas palavras é que embriagam. Se eu falo um tanto diversamente do comum é porque falam em mim o entusiasmo e a admiração. Quanto a V. Exa. basta abrir os lábios para deixar cair dele aromas e filtros cujo segredo só a natureza conhece.

Carlota

Estimo antes vê-lo assim. (*começa a desenhar distraidamente em um papel*)

Valentim

Assim... como?

Carlota

Menos... melancólico.

Valentim

É esse o caminho do seu coração?

Carlota

Queria que eu própria lhe indicasse? Seria trair-me, e tirava-lhe a graça e a glória de o encontrar por seus próprios esforços.

VALENTIM

Onde encontrarei um roteiro?...

CARLOTA

Isso não tinha graça! A glória está em achar o desconhecido depois da luta e do trabalho... Amar e fazer-se amar por um roteiro... oh! que coisa de mau gosto!

VALENTIM

Prefiro esta franqueza. Mas V. Exa. deixa-me no meio de uma encruzilhada com quatro ou cinco caminhos diante de mim, sem saber qual hei de tomar. Acha que isto é de coração compassivo?

CARLOTA

Ora! siga por um deles, à direita ou à esquerda.

VALENTIM

Sim, para chegar ao fim e encontrar um muro; voltar, tomar depois por outro...

CARLOTA

E encontrar outro muro? É possível. Mas a esperança acompanha os homens e com a esperança, neste caso, a curiosidade. Enxugue o suor, descanse um pouco, e volte a procurar o terceiro, o quarto, o quinto caminho, até encontrar o verdadeiro. Suponho que todo o trabalho se compensará com o achado final.

VALENTIM

Sim. Mas, se depois de tanto esforço for encontrar-me no verdadeiro caminho com algum outro viandante de mais tino e fortuna?

CARLOTA

Outro? ... que outro? Mas... isto é uma simples conversa... O Sr. faz-me dizer coisas que não devo... (*cai o lápis ao chão, Valentim apressa-se em apanhá-lo e ajoelha nesse ato*)

CARLOTA

Obrigada. (*vendo que ele continua ajoelhado*) Mas levante-se!

VALENTIM

Não seja cruel!

CARLOTA

Faça o favor de levantar-se!

VALENTIM

(*levantando-se*) É preciso pôr um termo a isto!

CARLOTA

(*fingindo-se distraída*) A isto o quê?

VALENTIM

V. Exa. é de um sangue-frio de matar!

CARLOTA

Queria que me fervesse o sangue? Tinha razão para isso. A que propósito fez esta cena de comédia?

VALENTIM

V. Exa. chama a isto comédia?

CARLOTA

Alta comédia, está entendido. Mas que é isto? Está com lágrimas nos olhos?

VALENTIM

Eu? ora... ora... que lembrança!

CARLOTA

Quer que lhe diga? Está ficando ridículo.

VALENTIM

Minha senhora!

CARLOTA

Oh! ridículo! ridículo!

VALENTIM

Tem razão. Não devo parecer outra coisa a seus olhos! O que sou eu para V. Exa.? Um ente vulgar, uma fácil conquista que V. Exa. entretém, ora animando, ora repelindo, sem deixar nunca conceber esperanças fundadas e duradouras. O meu coração virgem deixou-se arrastar. Hoje, se quisesse arrancar de mim este amor, era preciso arrancar com ele a vida. Oh! não ria, que é assim!

CARLOTA

Sinto que não possa ouvi-lo com interesse.

VALENTIM

Por que motivo havia de me ouvir com interesse?

CARLOTA

Não é por ter a alma seca; é por não acreditar nisso.

VALENTIM

Não acredita?

CARLOTA

Não.

VALENTIM

(*esperançoso*) E se acreditasse?

CARLOTA

(*com indiferença*) Se acreditasse, acreditava!

VALENTIM

Oh! é cruel!

CARLOTA

(*depois de um silêncio*) Que é isso? Seja forte! Se não por si, ao menos pela posição esquerda em que me coloca.

VALENTIM

(*sombrio*) Serei forte! Fraco no parecer de alguns... forte no meu... Minha senhora!

CARLOTA

(*assustada*) Onde vai?

VALENTIM

Até... minha casa! Adeus! (*sai arrebatadamente. Carlota para estacada; depois vai ao fundo, volta ao meio da cena, vai à direita; entra o Doutor*)

CENA V

Carlota, O Doutor

DOUTOR

Não me dirá, minha senhora, o que tem Valentim que passou por mim como um raio, agora, na escada?

CARLOTA

Eu sei! Ia mandar em procura dele. Disse-me aqui umas palavras ambíguas, estava exaltado, creio que...

DOUTOR

Que se vai matar?... (*correndo para a porta*) Faltava mais esta!... (*estaca*) Não, não se há de matar!

CARLOTA

Ah! por quê?

DOUTOR

Porque mora longe. No caminho há de refletir e mudar de parecer. Os olhos das damas já perderam o condão de levar um pobre diabo à sepultura; raros casos provam uma diminuta exceção.

CARLOTA

De que olhos e de que condão me fala?

DOUTOR

Do condão de seus olhos, minha senhora! Mas que influência é essa que V. Exa. exerce sobre o espírito de quantos se deixam apaixonar por seus encantos? A um inspira a idéia de matar-se; a outro, exalta-o de tal modo, com algumas palavras e um toque de seu leque, que quase chega a ser causa de um ataque apoplético!

CARLOTA

Está-me falando grego!

DOUTOR

Quer português, minha senhora? Vou traduzir o meu pensamento. Valentim é meu amigo. É um rapaz, não direi virgem de coração, mas com tendências às paixões de sua idade. V. Exa. por sua graça e beleza inspirou-lhe, ao que parece, um desses amores profundos de que os romances dão exemplo. Com vinte e cinco anos, inteligente, benquisto, podia fazer um melhor papel que o de namorado sem ventura. Graças a V. Exa., todas as suas qualidades estão anuladas: o rapaz não pensa, não vê, não conhece, não compreende ninguém mais que não seja V. Exa.

CARLOTA

Para aí a fantasia?

DOUTOR

Não, senhora. Ao seu carro atrelou-se com o meu amigo, um velho, um velho, minha senhora, que, com o fim de lhe parecer melhor, pinta a coroa venerável de seus cabelos brancos. De sério que era, fez V. Exa. uma figurinha de papelão, sem vontade nem ação própria. Destes sei eu; ignoro se mais alguns dos que frequentam esta casa andam atordoados como estes dois. Creio, minha senhora, que lhe falei no português mais vulgar e próprio para me fazer entender.

CARLOTA

Não sei até que ponto é verdadeira toda essa história, mas consinta que lhe observe quanto andou errado em bater à minha porta. Que lhe posso eu fazer? Sou eu culpada de alguma coisa? A ser verdade isso que contou, a culpa é da natureza que os fez fáceis de amar, e a mim, me fez... bonita?

DOUTOR

Pode dizer mesmo - encantadora.

CARLOTA

Obrigada!

DOUTOR

Em troca do adjetivo deixe acrescentar outro não menos merecido: namoradeira.

CARLOTA

Hein?

DOUTOR

Na-mo-ra-dei-ra!

CARLOTA

Está dizendo coisas que não têm senso comum.

DOUTOR

O senso comum é comum a dois modos de entender. É mesmo a mais de dois. É uma desgraça que nos achemos em divergência.

CARLOTA

Mesmo que fosse verdade não era delicado dizer...

DOUTOR

Esperava por essa. Mas V. Exa. esquece que eu, lúcido como estou hoje, já tive os meus momentos de alucinação. Já fui como Hércules a seus pés. Lembra-se? Foi há três anos. Incorrigível a respeito de amores, tinha razões para estar curado, quando vim cair em suas mãos. Alguns alopatas costumam mandar chamar os homeopatas nos últimos momentos de um enfermo e há casos de salvação para o moribundo. V. Exa. serviu-me de homeopatia, desculpe a comparação; deu-me uma dose de veneno tremenda, mas eficaz; desde esse tempo fiquei curado.

CARLOTA

Admiro a sua facúndia! Em que tempo padeceu dessa febre de que tive a ventura de o curar?

DOUTOR

Já tive a honra de dizer que foi há três anos.

CARLOTA

Não me recordo. Mas considero-me feliz por ter conservado ao foro um dos advogados mais distintos da capital.

DOUTOR

Pode acrescentar: e à humanidade um dos homens mais úteis. Não se ria, sou um homem útil.

CARLOTA

Não me rio. Conjecturo em que se empregará a sua utilidade.

DOUTOR

Vou auxiliar a sua penetração. Sou útil pelos serviços que presto aos viajantes novos relativamente ao conhecimento das costas e dos perigos do curso marítimo; indico os meios de chegar sem maior risco à ilha desejada de Citera...

CARLOTA

Ah!

DOUTOR

Essa exclamação é vaga e não me indica se V. Exa. está satisfeita ou não com a minha explicação. Talvez não acredite que eu possa servir aos viajantes?

CARLOTA

Acredito. Acostumei-me a olhá-lo como a verdade nua e crua.

DOUTOR

É o que dizia há bocado àquele doido Valentim.

CARLOTA

A que propósito dizia?...

DOUTOR

A que propósito? Queria que fosse a propósito da guerra dos Estados Unidos? da questão do algodão? do poder temporal? da revolução na Grécia? Foi a respeito da única coisa que nos pode interessar, a ele, como marinheiro novel, e a mim, como capitão experimentado.

CARLOTA

Ah! foi...

DOUTOR

Mostrei-lhe os pontos negros do meu roteiro.

CARLOTA

Creio que ele não ficou convencido...

DOUTOR

Tanto não, que se ia deitando ao mar.

CARLOTA

Ora, venha cá. Falemos um momento sem paixão nem rancor. Admito que o seu amigo ande apaixonado por mim. Quero admitir também que eu seja uma namoradeira...

DOUTOR

Perdão: uma encantadora namoradeira...

CARLOTA

Dentada de morcego; aceito.

DOUTOR

Não; atenuante e agravante; sou advogado!

CARLOTA

Admito isso tudo. Não me dirá donde tira o direito de intrometer-se nos atos alheios, e de impor as suas lições a uma pessoa que o admira e estima, mas que não é, nem sua irmã, nem sua pupila?

DOUTOR

Donde? Da doutrina cristã: ensino os que erram.

CARLOTA

A sua delicadeza não me há de incluir entre os que erram.

DOUTOR

Pelo contrário; dou-lhe um lugar de honra: é a primeira.

CARLOTA

Sr. Doutor!

DOUTOR

Não se zangue, minha senhora. Todos erramos; mas V. Exa. erra muito. Não me dirá de que serve, o que aproveita usar uma mulher bonita de seus encantos para espreitar um coração de vinte e cinco anos e atraí-lo com as suas cantilenas, sem outro fim mais do que contar adoradores e dar um público testemunho do que pode a sua beleza? Acha que é bonito? Isto não revolta? (*movimento de Carlota*)

CARLOTA

Por minha vez pergunto: donde lhe vem o direito de pregar-me sermões de moral?

DOUTOR

Não há direito escrito para isto, é verdade. Mas, eu que já tentei trincar o cacho de uvas pendente, não faço como a raposa da fábula, fico ao pé da parreira para dizer ao outro animal que vier: "Não sejas tolo! não as alcançarás com o seu focinho!" e à parreira impassível: "Seca as tuas uvas ou deixa-as cair; é melhor do que tê-las aí a fazer cobiça às raposas avulsas!" É o direito da desforra!

CARLOTA

Ia-me zangando. Fiz mal. Com o Sr. Doutor é inútil discutir: fala-se pela razão, responde pela parábola.

DOUTOR

A parábola é a razão do evangelho, e o evangelho é o livro que mais tem convencido.

CARLOTA

Por tais disposições vejo que não deixa o posto de sentinela dos corações alheios?

DOUTOR

Avisador de incautos; é verdade.

CARLOTA

Pois declaro que dou às suas palavras o valor que merecem.

DOUTOR

Nenhum?

CARLOTA

Absolutamente nenhum. Continuarei a receber com a mesma afabilidade o seu amigo Valentim.

DOUTOR

Sim, minha senhora!

CARLOTA

E ao Doutor também.

DOUTOR

É magnanimidade.

CARLOTA

E ouvirei com paciência evangélica as suas prédicas não encomendadas.

DOUTOR

E eu pronto a proferi-las. Ah! minha senhora, se as mulheres soubessem quanto ganhariam se não fossem vaidosas! É negócio de cinqüenta por cento.

CARLOTA

Estou resignada: crucifique-me!

DOUTOR

Em outra ocasião.

CARLOTA

Para ganhar forças quer almoçar segunda vez?

DOUTOR

Há de consentir que recuse.

CARLOTA

Por motivo de rancor?

DOUTOR

(*pondo a mão no estômago*) Por motivo de incapacidade. (*cumprimenta e dirige-se à porta. Carlota sai pelo fundo. Entra Valentim*)

Cena VI

O Doutor, Valentim

DOUTOR

Oh! A que horas é o enterro?

VALENTIM

Que enterro? De que enterro me falas tu?

DOUTOR

Do teu. Não ias procurar o descanso, meu Werther?

VALENTIM

Ah! não me fales! Esta mulher... onde está ela?

DOUTOR

Almoça.

VALENTIM

Sabes que a amo. Ela é invencível. Às minhas palavras amorosas respondeu com a frieza do sarcasmo. Exaltei-me e cheguei a proferir algumas palavras que poderiam indicar, da minha parte, uma intenção trágica. O ar da rua fez-me bem; acalmei-me...

DOUTOR

Tanto melhor!...

VALENTIM

Mas eu sou teimoso.

DOUTOR

Pois ainda crês?...

VALENTIM

Ouve: sinceramente aflito e apaixonado, apresentei-me a D. Carlota como era. Não houve meio de torná-la compassiva. Sei que não me ama; mas creio que não está longe disso; acha-se em um estado que basta uma faísca para acender-se-lhe no coração a chama do amor. Se não se comoveu à franca manifestação do meu afeto, há de comover-se a outro modo de revelação. Talvez não se incline ao homem poético e apaixonado; há de inclinar-se ao heróico ou até cético... ou a outra espécie. Vou tentar um por um.

DOUTOR

Muito bem. Vejo que raciocinas; é porque o amor e a razão dominam em ti com força igual. Graças a Deus, mais algum tempo e o predomínio da razão será certo.

VALENTIM

Achas que faço bem?

DOUTOR

Não acho, não, senhor!

VALENTIM

Por quê?

DOUTOR

Amas muito esta mulher? É próprio da tua idade e da força das coisas. Não há caso que desminta esta verdade reconhecida e provada: que a pólvora e o fogo, uma vez próximos fazem explosão.

VALENTIM

É uma doce fatalidade esta!

DOUTOR

Ouve-me calado. A que queres chegar com este amor? Ao casamento; é honesto e digno de ti. Basta que ela se inspire da mesma paixão, e a mão do himeneu virá converter em uma só as duas existências. Bem. Mas não te ocorre uma coisa: é que esta mulher, sendo uma namoradeira, não pode tornar-se vestal muito cuidadosa da ara matrimonial.

VALENTIM

Oh!

DOUTOR

Protestas contra isto? É natural. Não serias o que és se aceitasses à primeira vista a minha opinião. É por isso que te peço reflexão e calma. Meu caro, o marinheiro conhece as tempestades e os navios; eu conheço os amores e as mulheres; mas avalio no sentido inverso do homem do mar; as escumas veleiras são preferidas pelo homem do mar, eu voto contra as mulheres veleiras.

VALENTIM

Chamas a isto uma razão?

DOUTOR

Chamo a isto uma opinião. Não é a tua! Há de sê-lo com o tempo. Não me faltará ocasião de chamar-te ao bom caminho. A tempo, o ferro é mezinha, disse Sá de Miranda. Empregarei o ferro.

VALENTIM

O ferro?

DOUTOR

O ferro. Só as grandes coragens é que se salvam. Devi a isso salvar-me das unhas deste gavião disfarçado de quem queres fazer tua mulher.

VALENTIM

O que estás dizendo?

DOUTOR

Cuidei que sabias. Também eu já trepei pela escada de seda para cantar a cantiga do Romeu à janela de Julieta.

– 43 –

VALENTIM

Ah!

DOUTOR

Mas não passei da janela. Fiquei ao relento, do que me resultou uma constipação.

VALENTIM

É natural. Pois como havia ela de amar a um homem que quer levar tudo pela razão fria dos seus libelos e embargos de terceiro?

DOUTOR

Foi isso que me salvou; os amores como os desta mulher precisam um tanto ou quanto de chicana. Passo pelo advogado mais chicaneiro do foro; imagina se a tua viúva podia haver-se comigo! Veio o meu dever com embargos de terceiro e eu ganhei a demanda. Se, em vez de comer tranquilamente a fortuna de teu pai, tivesses cursado a academia de S. Paulo ou Olinda, estavas, como eu, armado de broquel e cota de malhas.

VALENTIM

É o que te parece. Podem acaso as ordenações e o código penal contra os impulsos do coração? É querer reduzir a obra de Deus à condição da obra dos homens. Mas bem vejo que és o advogado mais chicaneiro do foro.

DOUTOR

E portanto, o melhor.

VALENTIM

Não, o pior, porque não me convenceste.

DOUTOR

Ainda não?

VALENTIM

Nem me convencerás nunca.

DOUTOR

Pois é pena!

VALENTIM

Vou tentar os meios que tenho em vista; se nada alcançar talvez me resigne à sorte.

DOUTOR

Não tentes nada. Anda jantar comigo e vamos à noite ao teatro.

VALENTIM

Com ela? Vou.

DOUTOR

Nem me lembrava que a tinha convidado.

VALENTIM

Espero que hei de vencer.

DOUTOR

Com que contas? Com a tua estrela? Boa fiança!

VALENTIM

Conto comigo.

DOUTOR

Ah! Melhor ainda!

CENA VII

Doutor, Valentim, Inocêncio

INOCÊNCIO

O corredor está deserto.

DOUTOR

Os criados servem à mesa. D. Carlota está almoçando. Está melhor?

INOCÊNCIO

Um tanto.

VALENTIM

Esteve doente, Sr. Inocêncio?

INOCÊNCIO

Sim, tive uma ligeira vertigem. Passou. Efeitos do amor...
quero dizer... do calor.

VALENTIM

Ah!

INOCÊNCIO

Pois olhe, já sofri calor de estalar passarinho. Não sei
como isto foi. Enfim, são coisas que dependem das circunstâncias.

VALENTIM

Houve circunstâncias?

INOCÊNCIO

Houve... (*sorrindo*) Mas não as digo... não!

VALENTIM

É segredo?

INOCÊNCIO

Se é!

VALENTIM

Sou discreto como uma sepultura; fale!

INOCÊNCIO

Oh! não! É um segredo meu e de mais ninguém... ou a bem dizer, meu e de outra pessoa... ou não, meu só!

DOUTOR

Respeitamos os segredos, seus ou de outros!

INOCÊNCIO

V. S. é um portento! Nunca hei de esquecer que me comparou ao sol! A certos respeitos andou avisado: eu sou uma espécie de sol, com uma diferença, é que não nasço para todos, nasço para todas!

DOUTOR

Oh! Oh!

VALENTIM

Mas V. S. está mais na idade de morrer que de nascer.

INOCÊNCIO

Apre lá! Com trinta e oito anos, a idade viril! V. S. é que é uma criança!

VALENTIM

Enganaram-me então. Ouvi dizer que V. S. fora dos últimos a beijar a mão de Dom João VI, quando daqui se foi, e que nesse tempo era já taludo...

INOCÊNCIO

Há quem se divirta em caluniar a minha idade. Que gente invejosa! Onde vai, Doutor?

DOUTOR

Vou sair.

VALENTIM

Sem falar a D. Carlota?

DOUTOR

Já me havia despedido quando chegaste. Hei de voltar. Até logo. Adeus, Sr. Inocêncio!

INOCÊNCIO

Felizes tardes, Sr. Doutor!

CENA VIII

Valentim, Inocêncio

INOCÊNCIO

É uma pérola este Doutor! Delicado e bem falante! Quando abre a boca parece um deputado na assembléia ou um cômico na casa da ópera!

VALENTIM

Com trinta e oito anos e ainda fala na casa da ópera!

INOCÊNCIO

Parece que V. S. ficou engasgado com os meus trinta e oito anos! Supõe talvez que eu seja um Matusalém? Está enganado. Como me vê, faço andar à roda muita cabecinha de moça. A propósito, não acha esta viúva uma bonita senhora?

VALENTIM

Acho.

INOCÊNCIO

Pois é da minha opinião! Delicada, graciosa, elegante, faceira, como ela só... Ah!

VALENTIM

Gosta dela?

INOCÊNCIO

(*com indiferença*) Eu? gosto. E V. S.?

VALENTIM

(*com indiferença*) Eu? gosto.

INOCÊNCIO

(*com indiferença*) Assim, assim?

VALENTIM

(*com indiferença*) Assim, assim.

INOCÊNCIO

(*contentíssimo, apertando-lhe a mão*) Ah! meu amigo!

CENA IX

Valentim, Inocêncio, Carlota

VALENTIM

Aguardávamos a sua chegada com a sem-cerimônia de pessoas íntimas.

CARLOTA

Oh! Fizeram muito bem! (*senta-se*)

INOCÊNCIO

Não ocultarei que estava ansioso pela presença

CARLOTA

Ah! obrigada... Aqui estou! (*um silêncio*) Que novidades há, Sr. Inocêncio?

INOCÊNCIO

Chegou o paquete.

CARLOTA

Ah! (*outro silêncio*) Ah! chegou o paquete? (*levanta-se*)

INOCÊNCIO

Já tive a honra de...

CARLOTA

Provavelmente traz notícias de Pernambuco?... do cólera?...

INOCÊNCIO

Costuma a trazer...

CARLOTA

Vou mandar ver cartas... tenho um parente no Recife... Tenham a bondade de esperar...

INOCÊNCIO

Por quem é... não se incomode. Vou eu mesmo.

CARLOTA

Ora! tinha que ver...

INOCÊNCIO

Se mandar um escravo ficará na mesma... demais, eu tenho relações com a administração do correio... O que talvez ninguém possa alcançar já e já, eu me encarrego de obter.

CARLOTA

A sua dedicação corta-me a vontade de impedi-lo. Se me faz o favor...

INOCÊNCIO

Pois não, até já! (*beija-lhe a mão e sai*)

CENA X

Carlota, Valentim

CARLOTA

Ah! ah! ah!

VALENTIM

V. Exa. ri-se?

CARLOTA

Acredita que foi para despedi-lo que o mandei ver cartas ao correio?

VALENTIM

Não ouso pensar...

CARLOTA

Ouse, porque foi isso mesmo.

VALENTIM

Haverá indiscrição em perguntar com que fim?

CARLOTA

Com o fim de poder interrogá-lo acerca do sentido de suas palavras quando daqui saiu.

VALENTIM

Palavras sem sentido...

CARLOTA

Oh!

VALENTIM

Disse algumas coisas... tolas!

CARLOTA

Está tão calmo para poder avaliar desse modo as suas palavras?

VALENTIM

Estou.

CARLOTA

Demais, o fim trágico que queria dar a uma coisa que começou por idílio... devia assustá- lo.

VALENTIM

Assustar-me? Não conheço o termo.

CARLOTA

É intrépido?

VALENTIM

Um tanto. Quem se expõe à morte não deve temê-la em caso nenhum.

CARLOTA

Oh! Oh! poeta, e intrépido de mais a mais.

VALENTIM

Como lord Byron.

CARLOTA

Era capaz de uma segunda prova do caso de Leandro?

VALENTIM

Era. Mas eu já tenho feito coisas equivalentes.

CARLOTA

Matou algum elefante, algum hipopótamo?

VALENTIM

Matei uma onça.

CARLOTA

Uma onça?

VALENTIM

Pele malhada das cores mais vivas e esplêndidas; garras largas e possantes; olhar fulvo, peito largo e duas ordens de dentes afiados como espadas.

CARLOTA

Jesus! Esteve diante desse animal!

VALENTIM

Mais do que isso; lutei com ele e matei-o.

CARLOTA

Onde foi isso?

VALENTIM

Em Goiás.

CARLOTA

Conte essa história, novo Gaspar Correia.

VALENTIM

Tinha eu vinte anos. Andávamos à caça eu e mais alguns. Internamo-nos mais do que devíamos pelo mato. Eu levava comigo uma espingarda, uma pistola e uma faca de caça. Os meus companheiros afastaram-se de mim. Tratava de procurá-los quando senti passos... Voltei-me...

CARLOTA

Era a onça?

VALENTIM

Era a onça. Com o olhar fito sobre mim parecia disposta a dar-me o bote. Encarei-a, tirei cautelosamente a pistola e atirei sobre ela. O tiro não lhe fez mal. Protegido pelo fumo da pólvora, acastelei-me atrás de um tronco de árvore. A onça foi-me no encalço, e durante algum tempo andamos, eu e ela, a dançar à roda do tronco. Repentinamente levantou as patas e tentou esmagar-me abraçando a árvore, mais rápido que o raio, agarrei-lhe as mãos e apertei-a contra o tronco. Procurando escapar-me, a fera quis morder-me em uma das mãos; com a mesma rapidez tirei a faca de caça e cravei-lhe no pescoço; agarrei-lhe de novo a pata e continuei a apertá-la, até que os meus companheiros, orientados pelo tiro, chegaram ao lugar do combate.

CARLOTA

E mataram?...

VALENTIM

Não foi preciso. Quando larguei as mãos da fera, um cadáver pesado e tépido caiu no chão.

CARLOTA

Ora, mas isto é a história de um quadro da Academia!

VALENTIM

Só há um exemplar de cada feito heroico?

CARLOTA

Pois, deveras, matou uma onça?

VALENTIM

Conservo-lhe a pele como uma relíquia preciosa.

CARLOTA

É valente; mas pensando bem não sei de que vale ser valente.

VALENTIM

Oh!

CARLOTA

Palavra que não sei. Essa valentia fora do comum não é dos nossos dias. As proezas tiveram seu tempo; não me entusiasma essa luta do homem com a fera, que nos aproxima dos tempos bárbaros da humanidade. Compreendo agora a razão por que usa dos perfumes mais ativos; é para disfarçar o cheiro dos filhos do mato, que naturalmente há de ter encontrado mais de uma vez. Faz bem.

VALENTIM

Fera verdadeira é a que V. Exa. me atira com esse riso sarcástico. O que pensa então que possa excitar o entusiasmo?

CARLOTA

Ora, muita coisa! Não o entusiasmo dos heróis de Homero; um entusiasmo mais condigno nos nossos tempos. Não precisa ultrapassar as portas da cidade para ganhar títulos à admiração dos homens.

VALENTIM

V. Exa. acredita que seja uma verdade o aperfeiçoamento moral dos homens na vida das cidades?

CARLOTA

Acredito.

VALENTIM

Pois acredita mal. A vida das cidades estraga os sentimentos. Aqueles que eu pude ganhar e entreter na assistência das florestas, perdi-os depois que entrei na vida tumultuária das cidades. V. Exa. ainda não conhece as mais verdadeiras opiniões.

CARLOTA

Dar-se-á caso que venha pregar contra o amor?...

VALENTIM

O amor! V. Exa. pronuncia essa palavra com uma veneração que parece estar falando de coisas sagradas! Ignora que o amor é uma invenção humana?

CARLOTA

Oh!

VALENTIM

Os homens, que inventaram tanta coisa, inventaram também este sentimento. Para dar justificação moral à união dos sexos inventou-se o amor, como se inventou o casamento para dar-lhe justificação legal. Esses pretextos, com o andar do tempo, tornaram-se motivos. Eis o que é o amor!

CARLOTA

É mesmo o senhor quem me fala assim?

VALENTIM

Eu mesmo.

CARLOTA

Não parece. Como pensa a respeito das mulheres?

VALENTIM

Aí é mais difícil. Penso muita coisa e não penso nada. Não sei como avaliar essa outra parte da humanidade extraída das costelas de Adão. Quem pode pôr leis ao mar? É o mesmo com as mulheres. O melhor é navegar descuidadamente, a pano largo.

CARLOTA

Isso é leviandade.

VALENTIM

Oh! minha senhora!

CARLOTA

Chamo leviandade para não chamar despeito.

VALENTIM

Então há muito tempo que sou leviano ou ando despeita-do, porque esta é a minha opinião de longos anos. Pois ain-da acredita na afeição íntima entre a descrença masculina e... dá licença? A leviandade feminina?

CARLOTA

É um homem perdido, Sr. Valentim. Ainda há santas afei-ções, crenças nos homens, e juízo nas mulheres. Não quei-ra tirar a prova real pelas exceções. Some a regra geral e há de ver. Ah! mas agora percebo!

VALENTIM

O quê?

CARLOTA

(*rindo*) Ah! ah! ah! Ouça muito baixinho, para que nem as paredes possam ouvir: este não é ainda o caminho do meu coração, nem a valentia, tampouco.

VALENTIM

Ah! tanto melhor! Volto ao ponto da partida e desisto da glória...

CARLOTA

Desanima? (*entra o Doutor*)

VALENTIM

Dou-me por satisfeito. Mas já se vê, como cavalheiro, sem rancor nem hostilidade. (*entra Inocêncio*)

CARLOTA

É arriscar-se a novas tentativas.

VALENTIM

Não.

CARLOTA

Não seja vaidoso. Está certo?

VALENTIM

Estou. E a razão é esta: quando não se pode atinar com o caminho do coração toma-se o caminho da porta. (*cumprimenta e dirige-se para a porta*)

CARLOTA

Ah - Pois que vá! - Estava aí Sr. Doutor. Tome cadeira.

DOUTOR

(*baixo*) Com uma advertência: Há muito tempo que mo fui pelo caminho da porta.

CARLOTA

(*séria*) Prepararam ambos esta comédia?

DOUTOR

Comédia, com efeito, cuja moralidade Valentim incumbiu-se de resumir: - Quando não se pode atinar com o caminho do coração, deve-se tomar sem demora o caminho da porta. (*saem o Doutor e Valentim*)

CARLOTA

(*vendo Inocêncio*) Pode sentar-se. (*indica-lhe uma cadeira. Risonha*) Como passou?

INOCÊNCIO

(*senta-se meio desconfiado, mas levanta-se logo*) Perdão: eu também vou pelo caminho da porta! (*sai. Carlota atravessa arrebatadamente a cena. Cai o Pano*).